KB180886

한국 희곡 명작선 150

두더지의 태양 (Green Sun)

한국 희곡 명작선 150

두더지의 태양 (Green Sun)

최원종

최원종

두더지의 태양 (Green Sun)

17살에 사람을 죽였다.
우린 더 이상 평범하지 않다.

등장인물

세진 (남) 17살, 고등학교 2학년.

민석 (남) 27살, 8년간 집안에서만 생활함.

현규 (남) 17살, 세진과 같은 반에 있으나 서로 말 한 마디 해본 적이 없다.

슬기 (여) 17살, 세진과 같은 학교. 외톨이 캠프에서 세진을 만났다.

인호 (남) 18살, 고등학교 재수생. 세진과 슬기를 괴롭히고 있는 주동자다.

백곰 (남) 18살, 인호의 오른팔.

우진 (남) 27살, 케이블 방송 피디. 8년간 집안에서만 생활한 민석을 취재한다.

세진 담임 (남) 38살, 사냥을 좋아한다.

세진 엄마 (여) 43살, 일본식 우동집을 운영한다.

그밖에 인호 일당 1(지은), 2(진영), 3(복희), 4(혜정), 5(연희), 6(선화)

때

현재. 여름.

프롤로그

빗소리가 들린다. 소낙비다.

검은 우산을 쓴 덩치 큰 남자 하나가 거리를 걷고 있다.

한 소년이 칼을 들고 그 우산 쓴 남자의 뒤로 다가가 등에 칼을 꽂아 넣는다.

칼에 찔린 남자는 뒤돌아서 소년을 본다.

검은 우산을 손에 쥔 채 남자의 우산이 비를 맞고 있는 소년에게 우산을 씌워주려는 모습처럼 보인다.

두 사람은 우산 안에서 서로를 바라본다.

소년은 등에서 칼을 뽑아 그 남자의 배에 칼을 다시 찔러 넣는다.

세진 (내레이션) 예전의 나로 돌아갈 거라고 생각했다. 꼭 한 사람만 죽이면 모든 게 다시 예전처럼 돌아가게 된다고 믿었다. 근데 또 다른 놈이 나타났다. 그 또 다른 놈을 죽이자 다시 또 다른 놈이 나타났다. 그래서 나는 계속 칼을 들고 다닐 수밖에 없었다. 마음속으로 이번이 마지막이겠지, 이번이 마지막이겠지, 하고 생각했지만 마침내 마지막이라는 게 뭔지 잘 모르게 되어 버렸다. 난 계속해서 죽여 나갈 거다. 죽이고, 죽이고, 또 죽이고 계속해서 죽여 나가야만 한다. 왜냐하면 난 그저 평범해지고 싶기 때문이다.

외톨이 캠프 교실

〈자신의 문제를 스스로 진단하고 풀어가자!〉 라고 써진 발표회 현수막이 보인다.
현규, 세진, 슬기가 익명의 학생들 앞에 서서 발표를 하고 있다.
현규는 고개를 숙인 채 아무 말도 없다.

슬기 투명인간이 되고 싶습니다. 아무도 날 볼 수 없었으면 좋겠습니다. 내게 말을 걸지도 않고, 내가 없는 것처럼 나를 버려뒀으면 좋겠습니다. 아무도 모르게 사라져버리면 좋겠습니다.

한두 사람의 박수 소리.

세진 나는 파리를 먹습니다. 난 바퀴벌레도 먹습니다.

박수 소리.

세진 나는 쥐도 먹습니다.

휘파람 소리와 박수소리들.

세진 나는 가래침이 들어간 도시락을 매일 먹습니다.

나는 화장실에서 대걸레로 얼굴을 닦습니다.
나는 같은 반 친구들 앞에서 딸딸이를 쳤습니다.
나는… 내일까지 에어 맥스 360 운동화를 구해다 바쳐야 합니다.
그러지 못하면… 귀가 잘릴 지도 모르고…
손톱이 뽑힐지도 모릅니다.
나는… 매일… 나는… 매일…
나는… 나는… 밤마다… 나는 인호를… 인호를 죽이는 꿈을 꿉니다!

우레와 같은 박수소리.
발표수업이 끝난다.
슬기가 주머니에서 캔커피 하나를 꺼내 세진에게 내민다.

슬기 이거. 캔커피.

세진 (보는)….

슬기 떨어트리러 갈래? 저 위. 빌딩 위로.

세진 ….

슬기 갈래?

세진 그걸 왜 떨어뜨리는데?

슬기 그냥. 너도 보고 싶어 하지 않을까 해서. 이게 아래로 떨어지는 거.

세진 ….

슬기　같이 갈래?

세진　… 그거 말고 또 뭘 떨어트려봤어?

슬기　병, 돌, 핸드폰, 머리핀, 도시락통, 책가방.

세진　… 살아있는 것도 해봤어?

슬기　나, 집에서 토끼 키워. 조만간 도전해 볼 거야.

세진　떨어뜨릴 때 어떤 기분이야?

슬기　가슴이… 가슴이 부서질 것 같아.

슬기가 눈을 감는다.

슬기의 호흡이 점점 빨라온다. 마치 자신이 빌딩 옥상 위에서 뛰어내린 듯이.

슬기의 얼굴은 괴로운 표정에서 점차 평온한 표정으로 바뀌어간다.

그런 슬기를 말없이 바라보고 있는 세진.

세진　괜… 찮아?

슬기　(눈을 뜨는) 어? 어.

세진　가르쳐 줄래?… 재밌을 것 같아서.

슬기　눈을 감아.

세진　… 감았어.

슬기　20층 빌딩 옥상 위에, 우리가 서 있다고 상상해봐… 뭐가 느껴지지?!

세진　아무것도. 아무 것도 안 느껴지는데.

슬기　바람이 불고 있잖아. 20층 꼭대기에서만 맞을 수 있는 바람. 아주 매서운 바람. 우리를 한순간 날려버릴 것 같은 바람. 느껴져?

세진 와아~ 바람. 정말 매서운 바람이네. 날아갈 것 같아. 뭐라도 꽉 잡아야 할 것 같은데.

슬기 19층 18층 17층 16층….

세진 뭐 하고 있는 거야?

슬기 우린 떨어지고 있어. 내 손 잡아.

세진 (슬기의 손을 어색하게 잡는)

슬기 9층 8층 7층 6층 5층 4층 3층 2층… 눈을 떠.

세진 (눈을 뜬다) 바닥에 떨어진 거야?

슬기가 빙그레 웃으며 세진을 보고 있다.
잡았던 손을 어색하게 빼내는 세진.

슬기 (가지고 있던 캔커피의 뚜껑을 딴다. 커피를 마시는) 맛있다.

세진 (가지고 있던 캔커피를 따서 마신다) … 있잖아.

슬기 (동시에) 있잖아.

세진 먼저 말해.

슬기 아냐. 너 먼저 말해.

세진 나… 여기서 본 거 비밀로 해줄래?

슬기 … 그래. 너두 나 여기서 본 거 비밀로 해줘.

세진 응.

슬기 그럼 학교에서 보자.

슬기가 세진 곁을 떠난다.

현규는 고개를 숙인 채 여전히 그곳에. 마치 그곳에 없기라도 한 양.

고등학교 교실

일당들, 제도용 삼각자를 서로에게 겨누며 위태롭게 놀고 있다.

담임 등장한다.

담임 뭐하는 거야? 의자 자세 1번!

일당들, 의자를 가지고 와서 머리 위에 올려 벌선다.

세진 엄마 들어온다.

담임 세진 어머니…바쁘실 텐데 일부러 오시게 해서 죄송합니다.

세진엄마 (걱정스런) 제가 죄송하죠, 애를 맡겨두고 자주 찾아뵙지도 못하고.

담임 이렇게 부득이 오시라고 한 건, 세진이가 이상한 행동을 해서요.

세진엄마 네? 이상한 행동요?

담임 프로그램에도 참여시켜보고 했는데, 별 달라진 게 없네요.

세진엄마 프로그램이라뇨?

담임 외톨이 캠프라고… 세진이가 말 안 하던가요?

세진엄마 ….

담임 혹시 집에 무슨 일이 있나 해서요.

세진엄마 무슨… 말씀이세요?

체벌 받던 학생들의 의자가 서서히 내려온다.

세진 담임이 출석부로 학생들의 머리를 때린다.

담임 똑바로 안 들어!

세진엄마 ….

담임 그게… 교실에 어항이 하나 있는데요. 오늘 등교하자마자, 첫 시간 끝나고 그 어항에 있던 물고기를 다 잡아 먹었다네요, 세진이가.

세진엄마 네?

담임 (핸드폰진동소리. 핸드폰을 꺼내 문자를 확인하며) 잠시만요.

세진엄마 ….

담임 (웃으면서 문자를 보내며) 같은 반 학생들이 좀 충격을 받은 모양이에요.

세진엄마 ….

담임 지금 드는 생각인데 용돈을 평소에 많이 주신다면서요? 그게 발단이 되지 않았나 싶습니다. 학교에 그렇게 큰돈을 가져오면 문제가 생길 수밖에 없죠. 잃어버리기도 하고 빼앗기기도 하고. 그걸 저희들이 다 알 순 없으니까요.

세진엄마 세진이 아빠하고 제가 가게를 하다보니까, 세진이가 혼자 지내는 시간이 많아서요.

담임 세진이하구 한번 얘기해 보십시오. 제가 물어봐도 통 말이 없어서.

세진엄마 (멍한 표정) 네….

담임 (출석부를 챙기며) 그럼, 부탁드리겠습니다.

세진엄마가 담임에게 돈 봉투를 내민다.

세진 들어와서 그 모습을 바라본다.

담임 도로 넣으세요. 전 이런 거 받지 않습니다. 그럼, 가세요.

수업 시작 종소리.

담임이 핸드폰을 확인하곤 웃는다.

담임은 다시 문자를 보내며, 나간다.

교실 복도

세진엄마가 세진의 손을 꽉 쥐고 있다.

세진 엄마 먼저 가.

세진엄마 (손을 꽉 잡는)….

세진　아~. 손 놔. 아파, 손.

세진엄마　… 집에 가자.

세진　(웃는) 아직 수업 안 끝났어. 나 수업 끝나고 갈게. 먼저 가, 엄마.

세진엄마　….

세진　걱정 마. 먼저 가.

세진엄마　(손을 꽉 잡는)

세진　아~. 아파, 손.

세진엄마　… 왜 말 안했어, 엄마한테?

세진　뭐얼?

세진엄마　캠프.

세진　아. 캠프. 캠프잖아. 놀러갔다 온 건데 뭐.

세진엄마　세진아.

세진　… 어?

세진엄마　있잖아, 엄마 봐봐.

세진　왜?

세진엄마　엄마 봐봐.

세진　….

세진엄마　있잖아, 세진아, 엄마가 너한테 뭐 물어보고 싶은 게 있어.

세진　뭔데?

세진엄마　… 교실 어항에 있는 물고기, 정말 니가 다 먹었어?

세진　무슨 말이야? 내가 왜 그걸 먹어? (웃는) 그걸 어떻게 먹어.

엄마 손 안에서 자신의 손을 빼내는 세진.

세진 아, 손 아파. 엄마 힘 되게 세네… 먼저 가. 엄마 가는 거 보고 수업 들어갈게.

세진엄마 (바라보는)

세진 가. 가. 가. 빨리 가. 아이, 참, 괜찮아요. 빨리 가.

학교, 옥상 벤치

의자에 앉아있는 인호.

슬기가 걸어온다.

인호 잘 지냈어?

슬기 ….

인호 대답하기 싫은 건가?

슬기 ….

인호 대답해.

슬기 ….

인호 좋아. 대답 안 해도 돼.

슬기가 돈을 꺼내 인호에게 건넨다.

슬기 여기.

인호 앉아.

슬기 ….

인호 2학년 3반 18번. 이슬기.

슬기 ….

인호 전교 1등에서 지금은 꼴찌.

슬기 ….

인호 전교 1등, 차렷! 앉아. 여기 와서 앉아. 정말 모르겠어?

슬기 ….

인호 (나이프를 건네며) 자, 칼이야. 이 칼로 날 찔러.

슬기 ….

인호 정확히 이 부분. 왼쪽 옆구리. 찔러!

슬기 ….

인호 찔러! 넌, 찌를 용기도 없으니까, 이런 짓이나 계속 하는 거야.

슬기 ….

인호 아까 전화 왔어. 수업 끝나고 신세계 백화점 앞으로 가봐. 무지개 우산을 들고 있을 거야.

슬기 ….

인호 (피식 웃으며) 콘돔 챙겨가는 거 잊지 말고.

인호는 매점 도시락을 먹기 시작한다.

인호 돈까스가 좀 느끼하다. 먹어봐.

슬기 ….

인호 좀 먹어. 지금부터는 한바탕 뒹굴어야 하잖아.

슬기 ….

인호 이름은 지었어?

슬기 ….

인호 대답해. 불쌍하잖아, 이름도 없이 죽는 거. 떼기 전에 이름 지어줘. 내일 지어와.

슬기 ….

슬기가 대답 대신 칼로 자신의 팔등을 긋는다.

인호 아프겠다….

인호, 자신의 손에 감겨있던 붕대를 불어 슬기의 팔에 감아준다.

인호는 도시락을 맛있게 먹는다.

빗소리

거리

우산의 행렬이 밀물과 썰물처럼 오가고 있다.

슬기에게 다가오는 무지개 우산 하나.

우산 속 남자가 자신의 핸드폰 멜로디에 맞춰 노래를 읊조린다.

그의 노래는 2AM의 '죽어도 못 보내'이다.

우산 속에서 세진의 담임 모습이 드러난다.

담임 어려도 아픈 건 똑같아

세상을 잘 모른다고 아픈 걸 모르진 않아

괜찮아질 거라고 왜 거짓말을 해

이렇게 아픈 가슴이 어떻게 쉽게 낫겠어

너 없이 어떻게 살겠어

그래서 난

죽어도 못 보내

내가 어떻게 널 보내

가려거든 떠나려거든 내 가슴 고쳐내

아프지 않게 나 살아갈 수라도 있게

안 된다면 어차피 못살 거

죽어도 못 보내

슬기 (보는)

담임 (핸드폰을 끄며) 1주일동안 연습한 건데.

슬기 ….

담임 역시 이상한 건가? 선생님이 이런 노래 부르면?

슬기 돈 있어? 50만 원 돼?

담임 50만 원?

슬기 응.

담임　카드도 되니?

슬기　아무 거나.

담임　그렇게 큰돈이 왜 필요하니?

슬기　나 임신했어. 병원 가야 돼.

담임　누구 애냐?

슬기　앞으로 노래 부르지 마. 토할 것 같으니까.

담임　이번에 성적 또 떨어졌더라. 내년에 고3인데 열심히 해야지.

슬기　….

담임　아버님이 너 걱정 많이 하시더라. (명함 꺼내며) 대륭기업 대표이사 이종혁.

슬기　아빠, 만났어?!

담임　팔에 그게 뭐냐?

슬기　….

담임　아팠겠다. 아픈 거야, 칼은.

슬기　….

담임　화 많이 났구나… 너 만나면 주려고 준비한 게 있었는데. 깜빡했네.

슬기　….

담임　너 내일 생일이지?

슬기　….

담임　선생님이 칼 준비했는데. 선생님은 칼 무지 좋아하거든. 이번에 맘에 드는 칼을 발견했는데 너 주려고. 근데 안 되겠다. 넌 니 팔 그으니까.

슬기　주세요, 그어버리게.

담임　칼은 찌르라고 있는 거야, 싫은 사람.

슬기　….

담임　너도 싫은 사람 있지?

슬기　(담임을 노려본다)

담임　그렇게 쳐다보니까 무섭다.

슬기　찔러 봤어요?

담임　찔려봤어. 여기. 목 부근.

슬기　왜 그때 안 죽었어요?

담임　빗나갔어, 왼쪽으로.

슬기　아깝다.

담임　(웃는) 여행 갈까?

슬기　….

담임　이번 겨울에. 영하 15도 되는 산속에서 자 본 적 없지? 그런 곳에서 자봐야 사람이 되는 거야. 사냥도 가르쳐줄게. 선생님 총도 잘 쏴.

슬기　(대답하지 않는다)

담임　비 맞지 말고 더 가까이 와… 돈 찾으러 가자.

슬기　….

일본식 우동집

우동집 등이 빗속에서 빛나고 있다.

세진 엄마를 둘러싸고 있는 인호 일당들.

요리사 유니폼을 입은 세진 엄마가 포장된 초밥 도시락을 가득 들고 서 있다.

백곰 어머니, 우동 잘 먹었습니다. 역시 여기 국물이 최고예요.

연희 생선 초밥도 맛있구요.

혜정 양도 엄청 푸짐하고.

진영 국물 맛도 깊이 있고, 면발도 탱탱한 게 맛있네요.

복희 맛있어요.

지은 뭐니 뭐니 해도.

모두 서비스가 죽이죠.

세진엄마 우리 세진이는 학교에서 별일 없지?

백곰 그럼요.

진영·복희 그럼요.

연희·선화 그럼요.

모두 당연하죠.

모두 (웃는다)

백곰 저희가 옆에 있으면 아무도 못 건드려요.

세진엄마 그래. 우리 세진이가 워낙 숫기가 없어서 그렇지, 친구들을 얼마나 좋아하는데. 도시락 몇 개 쌌으니까 공부하다가 배고플 때 먹어.

모두 네.

진영 세진이 전학 간다고 하던데, 정말 가는 거예요?

복희 친해진지 얼마 되지도 않았는데.

선화 세진이 만나러, 자주 놀러 와도 되죠?

연희 어머니, 저희 또 놀러오면 우동 맛있게 끓여주실 거죠?

혜정 장어초밥이랑 새우초밥이랑 또 먹고 싶어요.

복희 애들 더 데려와도 돼요?

백곰 세진이 송별파티, 여기서 하는 거 어때?

선화 와아. 신난다. 여기서 하면 돈도 절약되겠다.

진영 간만에 머리 좀 썼다, 니네!

혜정 현수막은 이쪽에 크게 걸까. '세진아, 전학 가지마!' 이렇게 써서.

복희 아니지.

진영 '세진아, 전학가도 우린 니네 학교 찾아간다!' 이렇게 써야지.

지은 그건 너무 노골적이고. '세진아, 우린 널 평생 따라 다닐 거야.' 이렇게 써야지.

인호 어머니, 우동 잘 먹었습니다. 얼마예요? (돈을 꺼내 세는)

세진엄마 우리 세진이 친구들인데, 돈은 무슨. 맛있게들 먹었으면 됐지.

연희 네. 전 여기 우동이 제일 맛있어요. 왠지 아세요?

모두 공짜잖아요. (웃는다)

진영　근데 시킨 거 다 못 먹고 잔뜩 남겨서 어쩌죠?

인호　돈 여깄습니다.

세진엄마　아냐. 됐어. 그걸로 딴 거 맛있는 거 사 먹어.

인호　감사합니다, 어머니. 공부할 때 배고프면 딴 거 맛있는 거 사먹을게요.

인호가 참았던 웃음을 터트린다. 웃음이 무척 기괴하다.

민석의 쓰레기통 같은 방

민석은 8년 동안 집 밖으로 나가본 적이 없다.
허리까지 내려오는 머리카락과 큰 키와 비쩍 마른 몸 때문에 미이라 같은 모습이다.
컴퓨터를 하고 있다.

민석　(내레이션) 꿈을 꾸었다. 사람을 죽이는 꿈이었다. 내가 죽이는 사람이 나를 알고 있는지, 나를 모르는지 알 수 없었다. 피가 내 옷을 적셨다. 왠지 이젠 예전으로 돌아갈 수 없을 것이라는 생각이 들었다. 사람의 발을 잘랐다. 무릎을 자르고 허벅지를 잘랐다. 사람의 팔을 잘랐다. 망치로 갈비뼈를 부러뜨리고 내장을 꺼내 검은 비닐봉지에 담았다. 머리를 몸통에서 떼어내기 위해 톱으로 목 부위를 썰었다. 내가 죽인 사람이 조각조각 고기 덩어리가 되어 검은 비닐봉지에 담겼다. 이제 난 평범해질 수 없다.

노크 소리.

PD우진 (노크를 하며) 문 좀 잠깐만 열어볼래요? 6시간째 기다렸어요. 오늘은 얼굴만 보고 갈게요. 문 좀 열어봐요. 그럼 문 조금만 열고 문틈으로 얘기해요 우리. (계속되는 노크소리) 들리시죠? 미안하지만 자꾸 이러시면 열쇠공 불러서 강제로 문 딸 수밖에 없어요. 아버님한테 열쇠공 불러서 문 따고 지금 전화해서 허락 받을 거예요. 강제로 문 열면 좋아요? (민석이 방문 열어준다) 감사합니다. 저기… 식사 못하셨죠? 여기… 잠깐 대화를 해도 될까요? 밖에 나오지 않는 이유가 뭔가요? 밖에 나오는 게 불안해요? 그 안에 오래 있으면 답답할 것 같은데 어떠세요? 예? 예? 잘 안 들려서 그러는데 안으로 들어가겠습니다. (들어간다) 허락해 주셔서 감사합니다. 항상 빛 가리개를 쳐놓나 봐요, 창문에?

민석 ….

PD우진 이건 아오이 유우 사진이네요. 좋아해요, 이 일본 여배우?

민석 ….

PD우진 하루 종일 뭐하면서 지내요? 게임? 좋아하는 컴퓨터 게임 있어요?

민석 ….

PD우진 얼마동안 기른 거예요, 머리? 머리 그렇게 기르려면 얼마나 걸려요? 나도 기르려고 하는데. 잠시만요. (카메라를 들여다보며) 히키코모리 그들은 과연 누구인가? 1970년대 일본에서 나타나기 시작해, 1990년대 말 우리나라에서도 나타나기 시작했습니다. 사람마다 다르지만 보통은 4~5년, 최고 기록은 7년….

민석 8년.

PD우진 8년. 무지 긴 세월이네. 고등학교 졸업하고 나서 이 안에 쭈욱 있었던 거죠? (명함 내밀며) 전, 강우진이라고 해요. 케이블 방송국 PD. (카메라 삼각대 설치하며) 이번에 은둔형 외톨이 실태보고 프로그램을 만들고 있거든요. 1주일 만에 200통 가까이 제보 전화를 받았는데, 여길 처음 온 거예요. 8년 동안 방에 있는 사람은 이쪽이 유일해서. 아버님이 전화했어요, 와달라고. 아들이 방안에서 나오지 않는다고.

민석 ….

PD우진 (가져온 음식을 건네며) 정말 8년 동안 치토스하고 초코파이, 바나나, 딸기우유만 먹고 산 거예요?

민석 나가.

PD우진 물어볼 게 있는데, 잠깐 대화 좀 해요.

민석 나가. 소리 지를 거야.

PD우진 나밖에 없는데, 여기. 소리 질러도 돼요. 그런 것까지 찍을 거니까. 여기 카메라 보이죠.

민석 나가. 나가.

PD우진 예, 예, 알겠습니다. 진정하시구요, 딱 5분만요 (카메라 설치하며) 이제부터 한 달 동안 그쪽을 취재할 거예요. 평소에 하던 대로만 하면 돼요. 거실, 주방에도 다 설치해뒀으니까… (카메라 가리키며) 이거요? 이거 카메라 그쪽 아버지한테 허락 받고 설치하는 거예요. 그러니까 카메라 건들면 나한테 혼나요. 무슨 특별한 정신질환이 있는 것도 아닌데 방에서 자식이 나오질 않으니 아버지 심정이 오죽하겠어요. 오늘이 어머니 기일이라고 하던데. 잊어버리고 있었죠? 저랑 같이 가요.

민석 컴퓨터에서 메신저 접속 알람이 울린다.

PD우진 오. 이 소리. 메신저하고 있었구나? 누구예요? 설마 여자? (컴퓨터 메신저 글을 읽다가 웃는다) '진짜 죽여 버리고 싶은 놈이 있으면 어떻게 해야 돼?'이 친구 좀 무섭다. 어떤 친구예요?

민석 ….

PD우진 (계속 울리는 메시지 알람 소리) '도와줘, 도와줘!!'빨리 써줘요, 답장. 급한 모양인데.

민석 너라면 어떻게 쓸 것 같애?

PD우진 고민 돼요, 어떻게 쓸지?

민석 ….

PD우진 (피식 웃는) 나라면 이렇게 쓸 것 같은데. "죽여 버려!"

민석이 컴퓨터 자판을 친다.

죽여버려! 죽여버려! 죽여버려! 죽여버려!죽여버려! 죽여버려! 죽여버려! 죽여버려! 죽여버려!
죽여버려! 죽여버려! 죽여버려! 죽여버려! 죽여버려! 죽여버려! 죽여버려! 죽여버려!

세진의 방

세진이 방으로 들어와서 컴퓨터 책상 의자에 앉는다.
침대에서 스윽 일어나 세진에게로 다가오는 인호.

인호 이제야 오시는군. 에어 맥스 360 준비됐겠지?

세진이 가방을 맨 채 고개를 숙인다.

인호 대답해… 맥주!

세진이 책상 밑 박스에서 맥주 캔을 꺼내 인호에게 건네준다.

인호　누가 널 잡아먹기라도 한데? 약속을 했으면 지켜야지. 나이키 기다리다가 발에 무좀 생기겠다. (컴퓨터 메신저 내용 확인한다) 야, 최세진! 너 나 죽이고 싶었냐?

인호, 세진이를 구타한다.
인호가 맥주를 따서 세진의 머리에 맥주를 붇는다.

인호　대답해.

죽여버려! 죽여버려! 죽여버려! 죽여버려! 죽여버려! 죽여버려! 죽여버려! 죽여버려! 죽여버려!
죽여버려! 죽여버려! 죽여버려! 죽여버려! 죽여버려! 죽여버려! 죽여버려! 죽여버려!

세진　아니.
인호　정말 안 죽이고 싶어?
세진　안 죽이고 싶어.
인호　난 어떨 것 같애?
세진　뭐가?
인호　난 널 죽이고 싶을까, 죽이고 싶지 않을까.
세진　….
인호　대답해.

인호가 세진을 구타한다.

인호가 침대 쪽으로 걸어간다. 침대에서 팬티 발견.

인호 오호, 이게 뭐야?

엄마의 팬티가 인호의 손에 달려 나온다.

인호가 팬티를 자신의 코에 가져다대며 냄새를 맡는다.

인호 음… 냄새 좋고. 이게 니네 엄마 냄새구나.

세진 ….

인호 너도 맡고 싶지. (세진의 코에 팬티를 들이미는) 너 같은 놈을 낳으려고 니네 엄마가 침대에서 얼마나 뒹굴었겠냐?

인호가 팬티를 세진의 머리에 씌운다.

세진 그, 그만둬.

인호 뭐?

세진 ….

인호 병신새끼.

세진 그만해.

인호 이 새끼가, 미쳤나.

세진의 얼굴을 향해 옆차기를 날리는 인호.

그러나 인호의 발은 세진의 얼굴, 바로 코앞에서 늘, 그렇게 정지한다.

인호 눈깔 돌리지 말고 내 발바닥 똑바로 봐. 눈깔 뽑아버리기 전에.

자기도 모르게 감았던 눈을 뜨는 세진.
눈을 뜨자, 옆으로 고개를 돌리고 만다.

인호 내 발 사이즈가 몇이라고?

세진은 대답 대신 입을 앙다문다.

인호 대답해.

세진은 항상 그래왔던 것처럼 눈물을 뚝뚝 흘리고 만다.

인호 대답해. 몇이라구?
세진 이백,이배액… 백… 육십오.

인호가 발을 거두어들이자, 세진은 그대로 바닥에 주저앉는다.
그런 세진의 가슴을 인호가 발로 사정없이 가격한다.

인호 (동전 묘기) 동전 앞면이 나오면 천국. 뒷면이 나오면 지옥… 오늘은 지옥이네. 팬티 냄새도 맡았으니까, 이제 니네 엄마 목소리도 들어봐야겠다.

인호가 세진의 핸드폰으로 엄마에게 전화를 건다.

인호 어머니, 저 인호예요. 네. 세진이하고 도서실에서 공부하다가요, 머리 식히려고 잠깐 나왔어요. 네. 갑자기 우동하고 초밥 생각이 나서요. 냄새가 좋잖아요… 근데, 세진이 정말 전학 가요? 아. 더 친해지지 못해서 좀 아쉬움이 많이 남아서요. 어머니, 거기 우동이 세상에서 제일 맛있어요, 아시죠? (웃는)

인호가 세진을 향해 세진이 흉내를 내며 수음한다.

세진이 부엌에서 칼을 들고 온다.

실갱이를 하는 세진과 인호.

세진이 인호의 배에 칼을 꽂는다.

인호 (쓰러지는) 살려줘 세진아… 살려줘….

세진은 인호의 배 안쪽으로 다시 칼을 쑤셔 넣는다.

인호 이 씨발새끼가….

세진 컴퓨터 책상으로 기어간다.

인터텟 채팅

PC앞에 앉아있는 세진과 민석.

세진 인호를 죽였어!

민석 … 자수할 거야?

세진 … 자르고 버린다. 자르고 비닐봉지에 싸고 가방에 넣고, 산이나 강에 가서 버린다. 어때?

민석 ….

세진 넌 살인을 했다고 말할 수 있는 친구, 이 세상에 있어? 난 있어. 누군지 알아? 바로 너야. 얼굴도 모르고 진짜 이름도 모르는.

민석 난 못 가. 나갈 수가 없어,

세진 ….

민석 감시당하고 있어. 카메라. 내 방에, 거실에, 주방에. 없는 데가 없어.

세진 니가 안 오면 난 죽을 거야.

민석 ….

세진 내일 아침 10시. 이만 로그아웃 하자.

세진은 죽어있는 인호 곁에 앉는다.

세진 왜 그랬니?

인호 ….

세진 왜 그랬니? 왜 그렇게 날 괴롭혔어?

인호 ….

세진 대답해. 대답해. 대답해. 대답해.

인호 ….

세진 아, 넌 대답할 줄 모르는 녀석이었지. 항상 명령만 했어. 내가… 내가 강한 아이였다면 우리 둘은 친구가 되었을까.

인호 ….

세진 … 난 이제 강해졌는데.

이불로 인호를 덮어 주는 세진.

세진 잘 자, 인호야.

세진의 집, 욕실

방수용 비닐옷을 입은 세진과 민석.

욕조 안의 인호를 토막내고 있다.

민석 (갑자기 톱을 놓고 뒤로 물러나는) 아악.

세진 왜 그래요?

민석 사마귀.

세진 사마귀?

민석 왼쪽 눈 밑에 사마귀, 자르는데 사마귀가 불쑥 튀어 올라왔어. 사마귀가 살아있어!

세진 죽은 것 같은데.

민석 움직였다니까, 사마귀가. 사마귀가 부르르르~ 경련을 일으켰다니까.

세진 내가 자를까요?

민석 아냐. 아냐. 사마귀에 겁먹다니. 내가 끝까지 자를게.

민석이 소주 먹고 다시 욕조로 와서 톱질하기 시작한다.

묵묵히 톱질하는 민석.

드디어 인호의 목을 잘라낸다.

인호의 피가 1.5리터 병 다섯 개 정도는 나온 것 같다!

인호의 조각조각 난 몸을 검은 비닐봉지에 꽁꽁 싸서 담아 슈트케이스에 담는다.

민석 너 얼굴이 창백해.

세진 형도 창백해요. 아, 배고프다.

민석 나도 배고프다.

세진 핫도그하고 콜라 먹고 싶다, 학교 앞에서 파는.

민석　핫도그하고 시원한 콜라!

세진　크림치즈 베이글! 아이스 아메리카노.

민석　모닝에그 라이스머핀! 오렌지 쥬스.

세진　스파이스 치킨버거 세트!

민석　머쉬룸 스테이크 하우스버거 세트!

세진　깻잎 떡볶이!

민석　부산 오뎅!

세진　아, 배고프다.

민석　아, 배부르다.

세진　아, 배부르다.

민석　아, 행복해.

화장실 창문으로 스며들어오는 저녁노을.
그 노을빛이 밝은 녹색으로 빛난다.
녹색 빛 속에 서있는 두 사람, 세진과 민석.

세진　(내레이션) 처음으로 친한 친구를 만난 기분이 든다. 내 친구가 8년간 기른 머리카락을 자르겠다고 한다. 인호의 알리바이를 만들기 위해서, 라고 친구가 말한다. 내가 인호에게 빼앗겼던 모자와 잠바를 사러가자고 한다. 그렇게 입고 인호일당이 자주 모이는 곳에 가서 뒷모습만 살짝 보이고 오자고. 나는 친구와 함께 쇼핑몰에 가기 위해 외출준비를 서두른다.

민석 (내레이션) 머리를 자른다. 8년의 시간을 잘라낸다. 8년간의 길고 냄새나는 어둠을 잘라 낸다. 8년간 걷지 않았던 다리로 걷는다. 걷지 않았던 다리로 뛴다. 8년간 세상을 보지 않았던 눈으로 세상을 바라본다. 사람들을 바라본다. 가슴이 뛴다. 살아있는 것 같다. 이 순간을 위해 난 살아온 걸까. 긴 잠을 자고 이 순간에 깨나기 위해 난 그동안 숨죽이며 어둠 속에 있었던 것일까.

세진 (내레이션) 우린 인호 일당이 자주 가는 게임방으로 갔다. 인호 일당 중 한 명인 백곰이 인호를 알아보고 인호를 소리쳐 불렀다. 우린 인호의 칼을 바닥에 떨어뜨리고 냅다 달리기 시작했다.

달리기 시작한다. 사람들 일순간 비를 피하기 위해 분주하게 움직인다. 거리는 순식간에 우산의 거리가 된다. 천천히 움직이는 사람들 사이를 이리저리 피해 뛰는 민석과 세진.

세진/ 민석 (내레이션) 가슴이 뛴다. 살아있는 것 같다. 거리를 질주한다. 이 순간을 위해 난 살아온 걸까. 긴 잠을 자고 이 순간에 깨어나기 위해 난 그동안 숨죽이며 어둠 속에 있었던 것일까.

백곰이 세진과 민석을 발견하고 '인호야~' 하고 부른다.

백곰이 바닥에 떨어져있는 인호의 칼을 주워든다.

백곰 인호야….

우동가게 유니폼을 입고 배달통을 든 채 거리 한 복판에 멍하니 서 있는 세진 엄마가 보인다.
술을 마셨는지 휘청휘청 거린다.
밀물과 썰물처럼 오고가는 우산의 행렬 속에 비틀거린다.
서서히 사라지는 사람들.
넘어지는 세진 엄마와 바닥에 뒹구는 배달통과 일본 도시락들.
어디론가 전화를 거는 엄마.

세진엄마 세진이니? 어디야? 어. 밥은? 된장국하고 장조림도 먹었어? 엄마가 맛있게 해놨는데. 안 짜? 우리 아들은 맛있다는 말밖에 모르나봐. 먹어보지도 않고 맛있다고 말하는 거지? 아빤 음식이 자꾸 짜다고 하네. 어? 어. 엄마 술 한 잔 했지. 아니. 오늘 엄마 땡땡이 쳤어. 아빠 혼자서 무지 바쁘겠다, 지금. 볼에 잔뜩 심통이 나 있을 걸.
우리 아들, 지금 뭐해? 엄마하고 데이트 할래? 바빠? 어. 쉬엄 쉬엄 해. 건강한 게 최고야. 다른 건 다 필요 없고, 우리 아들 건강한 게 엄마한텐 최고예요. 어? 아. 엄마 또 떨어졌어, 잘 안 되네 운전이. 우리 아들 드라이브 좀 시켜주려고 했더니. 오늘 따라 비도 오고 말이야. 아들, 엄마가 꼭 물어보고 싶은 게 있는데… 아들, 엄마 믿지? … 전화가 끊어졌나? 아들, 아들? 우리 아들은 이럴 때 꼭 대답이 늦어요. 아들, 엄마 믿지? 우리 아들, 엄마 꼭 믿어줘야 돼. 어?! … 아빠한테 전화 왔다. 아들 전화 끊는다. 집에서 봐.

세진 엄마가 울음을 참고 있다.

학교 교실

만화를 그리고 있는 세진.
그런 세진을 둘러싸는 일당들.

백곰 야, 바리게이트 쳐.
지은 (뒤쪽 같은 반 친구들을 향해 위협) 야. 저번처럼 폰카 찍는 새끼들 눈구멍을 파버려서 염산을 부어버린다. 조심들 해라
복희 조심들 해라.
백곰 너, 인호가 왜 없어졌다고 생각하냐?
세진 … 몰라.
백곰 어쭈, 이게 언제부터 말대꾸야? 팔 하나가 부러져야 개념을 찾아드실래? (세진의 팔을 비트는)
세진 아아.
연희 뭐냐? 병신 또 지랄이야?

백곰 이 새끼 대걸레로 세수시켜.

진영 나이 쳐먹고 왜 학교와서 세수질일까…?

복희 야, 빨리 세수해. 얼른 대걸레로 세수해.

세진 (혜정 노려보는)

혜정 이 새끼가 나 째려봤어.

모두 그랬쪄요~~

백곰 우린 친구니까. 이제부터 사이좋게 지내자. 나 그동안 너한테 못된 짓 한 것 반성할게. 니가 나한테 당했던 거 그대로 나 당해보면서 반성할게. (대걸레를 세진한테 준다) 자 내 얼굴에 대걸레를 문질러.

일당들 순간 당황하지만 이것이 백곰의 장난이라는 것을 알고, 대걸레에 침을 뱉고 신발을 닦는다.

망설이는 세진.

선화 넌 억울하지도 않아? 이 새끼가 너를 제일 괴롭혔잖아.

진영 백곰은 선천적으로 머리가 나빠서 행동으로 보여줘야 돼. 세진아. 문질러.

모두 문질러. 문질러.

세진, 대걸레로 백곰 얼굴을 문지르려 한다.

백곰이 세진의 배를 무릎으로 가격한다.

백곰 그 눈빛 마음에 든다. 십새끼야.

진영 (입안에 침을 모아, 세진 머리에) 퉷! 이 병신 때문에 우리 반 성적이 떨어져요, 평균 내신이 팍팍.

혜정 칠판지우개 줘봐. 분필가루 잔뜩 묻은 거. 핥아. 핥아. 분필가루 먹어.

복희 전학 안 가냐? 빨리 가라. 빨리 가.

지은 이 새끼 가방 좀 줘봐. 검문 있겠습니다! (가방에서 나온 만화책을 보곤) 배틀로얄? 아, 이 새끼, 학교에 만화책만 가지고 오네, 이제. 이거 진짜 야한 건데. 바지 벗어. 학교에 야한 만화책 가져왔으니까, 직접 딸딸이를 친다.

복희 딸딸이를 친다.

지은 여자애들이 얼마나 좋아하겠냐. 우리 반 전체를 위해서 실시!

복희 실시!

지은 빨랑빨랑 좀 움직여라. 야, 니가 벗겨봐.

복희 씨발, 쪽팔리게. 혼자 바지 하나도 못 벗냐. 내가 총대 멘다!

연희 냅둬. 자기가 벗어야 재밌지.

혜정 아. 좆나 징그러울 것 같애.

복희 (웃음) 미친년, 내숭은. (웃음) 빨리 벗어.

혜정 핸드폰으로 잘 찍어둬야지.

연희 올리게?

혜정 우리만 보기 아깝잖아. 명작은 알려야지.

모두　모두에게 감상의 기회를.
복희　완전 좆 가지고 노는 거 아냐. 하하.
지은　이 새끼 봐라. 뭐하냐. 까라고. 바지 까라고.
복희　왜 벌써 쌌냐? 바지에.
선화　내가 앞에 있으니까 꼴리나?(웃음)
모두　꼴리지. 좆나 꼴리지?

바지 벗는 세진.

혜정　바지 진짜 벗네. 아우, 변태새끼.
백곰　담배 한 대 줘봐.
연희　피게?
백곰　어.
선화　여기 교실인데.
백곰　교실이 뭐. 교실에서 담배 피지 말란 법 있어.
지은　인호가 교실에선 절대 담배피지 말라고 했는데. 개념 없는 짓이라고.
백곰　난 고등학교 재수할 때 학원 복도에서도 줄담배 폈거든.

백곰이 자기 주머니에서 담배를 꺼내 피운다.

백곰　(담배 연기를 내뿜으며) 담배 맛 죽인다. 이런 거구나. 내 세상이란 게.

진영 담배꽁초는 교실에 버리지 맙시다.

백곰 최세진. 팔 걷어라. 담배 꺼야겠다.

선화 이건 너무 심한 거 아냐. 담배꽁초는 휴지통에. 세진이 팔 말구.

연희 이건 좀 심하다.

복희 그래, 좀 심하다.

모두 담배꽁초는 세진이 머리통에!

웃는 일당들.

밖에서 담임 소리

제자리로 흩어지는 일당들과 반 아이들.

담임 거기 뭐야? (바닥에 떨어진 만화책을 주워 넘겨보곤, 세진의 머리를 후려치며) 이 만화책 뭐야?! 최세진 니가 가져왔어? 이런 저질 새끼. 니가 무슨 하드코어 매니아야? 이런 건 집에 가서 봐라. (일당들을 향해) 인호 본 사람 없어?

모두 ….

담임 정말 아무도 안 봤어? 니들이 같은 반 친구 맞아? (만화책으로 일당들 머리를 때리다가) 백곰 엎드려.

백곰 네?

담임 엎드려!

백곰 왜요?

담임 (몽둥이로 때리며) 교실에서 담배 피지 말라고 했지?

백곰 안 폈는데요.

담임 너 말고 누가 펴.

백곰 정말 안 폈는데요. 안 폈어요. 물어보세요, 애들한테.

담임 너 말고 누구 펴?!

백곰 세진이요.

모두 (웃는)

백곰 정말로 세진이가 폈다니까요.

담임 최세진 정말 너가 폈어?

세진 ….

담임 선생님 눈 똑바로 보고, 할 말 있으면 해봐.

세진 ….

담임 선생님은 비겁하게 할 말 있는데 안 하는 놈들을 제일 싫어하는 거 알지? 거짓말이라도 할 말 있으면 해봐.

세진 ….

담임 대답해.

담임이 세진의 뺨을 수없이 때린다.

담임 정말 인호 본 사람 없어? 오늘 수업 끝나고 다 남을 줄 알아. 수업 끝나고 보자!

담임이 나간다.

백곰이 주머니에서 인호의 나이프를 꺼내 책상에 꽂는다.

백곰 (세진에게) 너 인호 못 봤냐?

세진 ….

백곰 분명히 인호가 이걸 나한테 줬는데, 그날 저녁에 인호가 이 모자를 쓰고 내 앞을 지나갔단 말이지. 이 칼도 떨어트리고.

세진 ….

백곰이 발을 뻗어 세진의 얼굴 바로 앞에 갖다 댄다.

백곰 앞으로 내 발 사이즈를 외워둬야 할 거야.

백곰과 일당들이 교실을 나간다.
쓰레기통이 들썩이기 시작한다.
쓰레기통 안에 들어가 있는 현규.
현규가 차츰 어깨를 들썩이며 운다. 울음은 점점 격해진다.
세진은 현규에게 걸어간다.

세진 괜찮아?

현규 ….

세진 누가 돌아가셨어?

현규 ….

세진 상복(喪服)을 입고 있어서. 며칠 동안 계속 이 옷을 입고 있길래.

현규　3일 전에, 내 친구가… 영원히 로그아웃을 했어. 리니지에서 5년 동안 함께 목숨을 걸고 세상과 싸웠는데.

세진　… 다시 만날 거야.

현규　다신 로그인 하지 않겠다고 했어. 나 때문에. 내가… 내가… 욕을 했거든. 겁쟁이라고.

세진　점심 같이 먹을래?

현규　단식중이야. 애도기간.

세진　(현규 어깨에 손을 올리며) 난 스타크래프트를 해. 오늘 밤 거기서 만날래?

현규　나 그거 잘 못하는데, 스타크래프트.

세진　가르쳐 줄게. 근데 언제까지 이 옷 입고 있을 거냐.

현규　나, 이 만화책들 좋아한다. 정말 감명 깊게 본 만화책이야. 배틀로얄. 내가 주워줄게.

현규가 일어나서 교실 바닥에 떨어져 있던 세진의 만화책들을 줍는다.

세진도 같이 줍기 시작한다.

학교, 옥상 벤치

백곰　잘 지냈어?

슬기　….

백곰 난 상대도 하기 싫다는 건가?

슬기 ….

백곰 대답해.

슬기 ….

백곰 좋아. 대답 안 해도 돼. 어젯밤 인호가 나타났어. 당분간 못 온다고, 너 좀 관리하라구.

슬기 갈게.

백곰 앉아.

슬기 ….

백곰 2학년 3반 18번. 이슬기. 전교 1등에서 지금은 꼴찌. 전교 1등, 차렷! 열중 쉬엇! 뒤로 돌앗!… 정말 모르겠어?

슬기 뭘?

백곰 인호가 널 관리하라구 했다구, 나한테. 자 봐. 이거 인호 칼이야. 이 칼로 날 찔러.

슬기 ….

백곰 정확히 목 이쪽. 이쪽에 경동맥이 있거든. 찌르는 즉시 바로 즉사야.

슬기 ….

백곰 찔러! 찔러! 넌, 찌를 용기도 없으니까, 인호한테 못 벗어나는 거야. 앞으론 내 핸드폰 번호 잘 저장해둬라.

슬기 ….

백곰 아까 전화 왔어. 롯데 백화점 앞으로 가봐.

슬기 ….

백곰　　콘돔 챙겨가는 거 잊지 말고.

갑자기 폭소를 터트리는 백곰.

백곰　　아, 재밌다. 이거 되게 재밌네.
슬기　　….
백곰　　밥 먹었냐. 밥 잘 챙겨먹어라. 지금부터는 한 바탕 뒹굴어야 하잖아… 아 참, 애는 뗐냐? 병원에 가봤어?
슬기　　….
백곰　　대답해.
슬기　　….
백곰　　좋아, 대답 안 해도 돼. 어후, 되게 재밌다~

계속해서 웃음을 참지 못하는 백곰.

민석의 방

밧줄에 매달려 운동을 하고 있는 민석.
문 밖에 있는 PD우진.

PD우진　그가 방안에서 무엇을 하며 지냈을까? 아버지의 동의를 얻어 그의 24시간을 카메라로 찍어보았습니다. 아침 10

시, 그는 컴퓨터 앞에서 눈을 떼지 않습니다. 12시, 바나나와 우유가 아침 겸 점심인 모양입니다. 그가 처음 자리에서 일어난 것은 오후 4시. 거실에 나온 그는 라면을 끓입니다. 그러나 먹는 곳은 방안이었습니다. 오후 5시가 되자 옷을 벗은 후, 그대로 잠자리에 듭니다. 밤 10시, 5시간만에 자리에서 일어납니다. 일어나자마자 컴퓨터 책상에 앉습니다. 새벽 2시, 아버지가 일을 마치고 귀가했습니다. 그는 여전히 자신의 방에서 꼼짝도 하지 않습니다. 아버지가 잠든 후, 방 밖으로 나와 냉장고에서 뭔가를 챙겨 먹습니다. 일주일 후 취재진은 그를 다시 찾았습니다. 그러나 그의 방 문은 또다시 아무런 응답이 없었습니다. 열쇠공을 불러 잠긴 문을 따기로 했습니다.

문을 열고 방안으로 들어가는 PD우진.

민석 (밧줄운동을 계속 하는) 서른하나. 서른둘. 서른셋….

PD우진 거기 매달려서 뭐하세요?

민석 서른넷. 서른다섯. 서른여섯….

PD우진 머리도 잘랐네요. 방도 청소하고, 창문도 활짝 열어놓고. 무슨 일 있으셨어요?

민석 (밧줄에서 뛰어내리며) 영철이 왔구나. 유영철.

PD우진 ….

민석 학교 다닐 땐 연쇄살인범 이름하고 똑같다고 애들 몇 죽일 것 같더니.

PD우진 착각하고 있는 거 아니세요, 딴 사람하고?

민석 착각이라… 누가?

PD우진 며칠 만에 완전 다른 사람 되셨네요.

민석 나, 기억 나?

PD우진 …?

민석 고 3때.

PD우진 …?

민석 기억 안 나지?

PD우진 …?

민석 니가 내 귀 송곳으로 뚫었는데. 하나 둘 셋 넷… 열여덟 열아홉 스물.

PD우진 ….

민석 (귀를 더듬으며) 연쇄살인마 유영철이 죽인 사람의 수.

민석이 침대 밑 박스에서 무엇인가를 꺼낸다.
씨리얼이 담긴 그릇을 들고 와 컴퓨터 책상에 앉아 먹기 시작한다.

PD우진 몇 가지 물어보고 싶은 게 있는데요.

민석 나중에. 지금 밥 먹고 있잖아.

PD우진 이상한 걸 발견했어요. 오민석 씨, 제 눈 똑바로 보세요.

민석 싫은데.

PD우진 너 왜 나가셨나요?

민석　　영철아, 너 나 어떻게 찾아냈냐?

PD우진　(불끈) 대체 누굴 보고 영철이라는 겁니까?

민석　　너.

PD우진　제가 왜요?

민석　　니가 유영철이야. 내가 널 어떻게 잊을 수 있겠니?

PD우진　정신과 치료 받아보는 게 어때요? 제가 좋은 데 소개시켜 줄 수 있는데.

민석　　방송국 PD도 되고, 일치감치 결혼도 하고, 이름도 바꿨네. 부럽다.

PD우진　….

민석　　너 때문에 난 사람들도 못 만나게 됐는데.

PD우진　….

민석　　너 때문에 난 여기서 나가지 못하게 됐는데.

PD우진　그게 내 탓이라는 겁니까?

민석　　글쎄.

PD우진　사과라도 받고 싶은 거예요?

민석　　아니. 어떤 사람은 모르는 건 말로 해줘야 아는 것 같아서.

졸업 앨범을 던진다.

어린 우진의 졸업 사진

PD우진　… 처음엔 넌지 몰랐다 정말.

민석　　그 다음엔?

PD우진　긴가민가했지.

민석　날 몰랐다구?

PD우진　너도 좀 잊어라. 잊지 못하는 것도 병이야.

민석　병?

PD우진　근데 그때 왜 갑자기 학교를 그만 둔 거냐? 나 심심해서 죽는 줄 알았다. 연락도 안 되지, 담임이 너 찾는다고 나만 족치지… 참 그 또라이는 잘 있냐?

민석　누구?

PD우진　너 없어지고… 니 단짝친구한테 니 자리 물려줬었는데.

민석　… 형석이?

PD우진　아무튼 진짜 또라이 같은 새끼 하나 있었잖아. (방안의 변한 기운을 느끼며) 처음엔 뭐 이런 개또라이가 있나 싶었는데… 며칠 새 왜 이렇게 된 거냐? 집에 있으니까 좋냐?

민석　밖은 어떤데?

PD우진　졸라 치열해. 친구가 없다. 다 적이야, 적. 경쟁자들. 나 좀 도와주라. 이번 꼭지 시청률 좀 나오면 가을 개편 때 내 앞으로 프로 하나 떨어지거든. 나도 입봉은 해야지 않겠냐.

민석　그래?

PD우진　집에 있는 게 학교 있을 때보다 맘은 편하지?

민석　응. 편해.

PD우진　아, 나도 딱 한 달만 방에 틀어박혀서 놀았으면 좋겠다.

민석　내가 노는 것처럼 보여?

PD우진　그럼 니가 일하냐?

민석 8년 동안 내가 무슨 생각하며 지냈을 것 같애?

PD우진 관심 없고. 너 내 눈 똑바로 봐라.

민석 싫다고 했잖아!

PD우진 성질은… 너 왜 나갔냐?

민석 ….

PD우진 8년 만에 처음 나갔으면 대단한 이유가 있을 거 아냐.

민석 ….

PD우진 저번에 메신저랑 관계있는 거냐?

민석 궁금해?

PD우진 카메라에 다 찍혀있어.

민석 (씨리얼을 계속 먹는)

PD우진 칼, 도끼, 망치, 톱, 방수용 비닐시트. 이런 게 나들이 용품은 아니잖아? 슈트케이스하고 배낭은 또 뭐고. 가지고 나갔으면 다시 가지고 들어와야 되는 게 정상 아닌가. 시체라도 버리고 왔다면 모를까. 내가 또 이런 동물적 직감 하난 뛰어나잖냐. 니가 죽였을 리는 없고. 시체 어디다 버렸냐. 한강? 한강 어디? 누구 죽였어? 아아. 됐고. 노트북 어딨어?

민석 형석이, 꽃이라도 사다줘. 어디에 묻혀있는 지는 알지?

PD우진 도대체 형석이가 뭐 어쨌다구.

민석 니가 괴롭혀서 아파트에서 뛰어내린 형석이! 걔네 집이 16층이었어. 1613호.

PD우진 너 완전히 맛이 갔구나. 미친 새끼.

민석 아. 다 먹었다!

민석이 침대 밑에서 씨리얼을 더 챙긴다.
우진이 민석의 노트북을 뒤진다.
씨리얼 박스 안에 칼을 숨긴 민석.

민석 내 노트북에서 떨어져.
PD우진 확인 좀 하자, 메신저 내용. 너한테도 그게 좋은 거야. 내가 증인이 되줄게.
민석 사람을 잘라본 적 있어? 사람을 자르는 기분이 어떤 건지 알아? 제일 먼저 목을 잘라야 해. 왜냐면 내가 자르고 있는 사람의 목이 더 이상 사람이 아니라고 생각해야 하거든. 그 다음엔 다리를 잘라. 아마 놀랄걸. 생각보다 너무 잘 잘려서.

민석이 씨리얼 박스에서 칼을 꺼내 우진을 향해 다가온다.

PD우진 너 왜 이래?
민석 내가 왜 이럴 것 같애?

민석이 우진의 다리를 칼로 찌른다.

PD우진 너 미쳤어?! (뒤로 물러나며) 아, 미친 새끼. 3일 후에 다시 온다. 카메라 하나라도 건들면 너 죽는다.

PD우진이 방을 나가면, 민석은 칼을 책상에 내려놓고 밧줄로 걸어가 운동을 계속한다.

민석 하나. 둘. 셋. 넷….

학교, 옥상 벤치

바람소리
옥상난간에 서 있는 슬기.
멀리서 슬기를 바라보고 있던 세진이 다가온다.

세진 거기 서서 뭘 내려다보고 있는 거야?
슬기 … 나.
세진 너?
슬기 내 모습. 떨어지는. 저 바닥으로.
세진 (내려다보며) 어떻게 됐어?
슬기 항상 여기. 용기가 없으니까.
세진 눈 감아봐.
슬기 왜?
세진 감아봐.

슬기 (감는)

세진 우린 세상에서 가장 높은 빌딩 위에 올라와 있어.

슬기 ….

세진 상상해봐.

슬기 ….

세진 우린 세상에서 가장 높은 빌딩의 옥상위에 서 있는 거야.

슬기 몇 층인데.

세진 200층.

슬기 어느 나라에 있는 거야?

세진 아랍에미리트. 아랍에미리트는 최고층최다보유국이야. 지금도 세계최고의 초고층 빌딩을 짓기 위해 계획을 세우고 있지. 높이가 무려 1km라니 도무지 상상이 안 가. 상상해봐. 지상 1km위에서 부는 엄청난 바람을.

지상 1km 위에서 부는 엄청난 바람.

바람 소리.

슬기 날아갈 것 같아, 바람에.

세진 한 발 한 발 앞으로 걸어 나가는 거야. 빌딩 난간까지 걸어 나가야돼.

슬기 한 발 한 발 한 발 한 발

세진 난간에 도착했어. 이제 난간 위에 올라서서

슬기 난간 위에 올라서서

세진　두 팔을 활짝 벌리고

슬기　두 팔을 활짝 벌리고

세진　다이빙 준비!

슬기　다리가 떨려. 숨이 잘 안 쉬어져. 가슴은 터질 것 같아.

세진　다리는 후들후들, 바람은 쌩쌩, 숨은 잘 안 쉬어지고!

슬기　가슴은 터질 것 같고.

세진　하나 둘 셋 하면 뛰어내리는 거야.

슬기　그래.

세진·슬기　하나… 둘….

세진　우린 떨어지고 있어!

슬기　벌써 뛰어내린 거야?

세진　응. 아까 뛰어내렸는데.

슬기　몇 층 정도 내려온 걸까?

세진　현재 백구십육 층. 백구십오 층, 통과하고 있어. 백구십사 층 백구십삼 층 백구십이 층 백구십일 층 백구십 층. 백팔십구 층….

슬기　땅에 언제 닿는 거야?

세진　숫자를 다 세야지 땅에 닿지. 백칠십팔 층. 백칠십칠 층. 백칠십육 층. 백칠십오 층. 백칠십삼 층. 백칠십이 층….

슬기　(눈을 뜨는)

세진　백육십칠 층. 백육십육 층. 백육십오 층….

슬기　(세진의 입술에 키스하는)

세진　(눈을 뜨는)

슬기 지루해서, 떨어지는 게.

세진 있잖아.

슬기 (동시에) 있잖아.

세진 먼저 말해.

슬기 아냐. 너 먼저 말해.

세진 널 도와줄게. 널 힘들게 하는 놈들, 널 아프게 하는 놈들 모두 죽일 거야.

슬기 ….

세진 널 도와줄 수 있어. 그러려면 너의 동의가 꼭 필요해.

백곰이 일당들과 함께 들어온다.

백곰 대단한 광경인데? 왕따끼리 연애라. 보기 참 좋다. 나한테도 뽀뽀해봐.

세진 가까이 오지 마.

지은 오~ 니가 막으면 어쩔 건데?

백곰 나이키 에어 조던 포스 파이브 구해가지고 왔겠지?

세진 인호 자리 차고 앉아서 인호 흉내나 내는 게.

모두 (웃는)

백곰 웃어? 이 미친년들이 돌았나.

진영 말조심 해.

백곰 이 암퇘지 새끼들이.

복희 욕하지 마, 우리한테.

백곰 (세진의 턱을 후려치고, 쓰러진 세진을 발로 밟으며) 한 꼬마 두 꼬마 세 꼬마 인디언, 네 꼬마… 열 꼬마 인디언 밥~

세진 아. 아. 아. 아

슬기 (돌멩이로 백곰의 머리를 내리치는)

백곰 아앗!

슬기 저리 가!

백곰 돌멩이 내려놔.

슬기 싫어. (백곰 얼굴에 침을 뱉는) 퉷!

백곰 (황당해하는) 아, 침 냄새. (얼굴에 묻은 침을 맛보며) 아, 이 죽이는 여자의 침맛.

슬기 이거 놔!

백곰 어딜 도망 가. 잡아. 잡아와. 저년 잡아와.

진영 그냥 가게 나둬. 잰 인호가 건들지 말라고 했어.

점심시간이 끝나는 종소리가 울린다.

세진이 바지를 툭툭 털고 가려한다.

세진 수업 들어가야 해. 비켜줘.

백곰 뭐. 아주 개념을 상실했네.

세진 점심시간 끝났어. 종소리 못 들었어?

백곰 (세진을 가로막으며) 이 씨발놈이, 내가 그렇게 만만해 보이냐. 다른 건 몰라도, 내가 인호하고 다르다는 건 확실히 보여주겠어.

세진 어떻게?

백곰 퉷! 퉷! 퉷! (침을 뱉곤, 주먹을 휘두르는) 이렇게!

연희 (웃음을 터트리는) 쇼를 해요, 쇼.

백곰 (일당에게 주먹을 날리는) 뭐야 이 암퇘지 새끼들아?

지은 칫, 인호가 없으니까 니 세상 같냐? 존나, 넌 쇼야, 개그 쇼, 미련 곰탱이 곰 그 자체.

진영 존나, 이 곰새낀 주먹 쇼밖에 못해.

복희 침 뱉는 쇼하고.

백곰이 인호의 칼을 꺼낸다.

삼각자를 꺼내드는 일당들.

그 기에 눌려 백곰 곧 바닥에 칼을 내려놓는다.

백곰 장난이야. 미안하다.

담임과 슬기가 옥상으로 뛰어 들어온다.

담임 뭐야 이 자식들아. 여기서 뭐하는 거야. (바닥에 있는 칼을 보고는) 이것 봐라, 이 새끼들. 이 칼 누구 거야?

모두 ….

담임 누구 거야? 이거.

모두 ….

담임 말 안 해? (일당들과 백곰의 뺨을 때리며) 누구야?

백곰 …….

담임 백곰 너 이리 와. (백곰의 뺨을 계속 때리며)누구 거야? 누구 거야? 누구 거야? 누구 거야? 누구 거야? 누구 거야? 누구 거야?

세진 제 거예요.

담임 …….

세진 제 건데요, 선생님.

담임 … (칼을 건네주는) 칼 쥐어봐.

세진 …….

담임 쥐어.

세진 (쥐지 못하는)

담임 최세진, 칼은 말이야, 찌르라고 있는 거야. 칼은 손에 쥐라고 있는 거다. 니 말에 책임을 져야지.

세진 …….

담임 (일당들에게) 똑바로 서, 이 자식들! 세진아, 한 놈씩 찔러라. 여기서 일어난 일은 선생님이 다 책임질 테니까. 한 놈씩 찔러. 그건 칼에 대한 예의야.

세진 (칼을 끝내 쥐지 못하는) 싫어요.

일당들 …….

담임 (일당들에게) 너희들 학생부로 내려가 있어. 오늘 제삿날인 줄 알아라. 내려가.

일당들이 나간다.

옥상 출입문 앞에서 세진 엄마를 만나는 일당들.
외면하고 지나쳐간다.

담임 세진아, 전학가라, 다른 학교로.
세진 네?
담임 선생님이 너 전학 가는 학교엔 소문 안 나게 해 줄게. 애들이 전화나 문자도 못 보내게 하고. 널 찾아가지도 못하게 하고. 전학 가라.

세진 엄마는 화사하게 옷단장을 한 모습으로 옥상 출입문 앞에 서 있다.
양손에 초밥 도시락봉투를 한 아름 들고.
담임은 칼을 주머니에 넣고 슬기를 데리고 나가려 한다.
세진 엄마를 외면하고 지나쳐가는 담임.

세진엄마 담임선생님?
담임 (무시하는)
세진엄마 담임선생님!
담임 네. 세진 어머니.
세진엄마 사과하세요, 세진이한테.
담임 뭐를요?
세진엄마 세진이한테 한 말 모두요.
담임 제가 왜 사과해야 합니까? 담임으로서 할 말을 한 것뿐인데요.

세진엄마 나한테도 사과하세요.

담임 네?

세진엄마 문자 보낸 거요.

담임 문자라뇨?

세진엄마 저번에 우리 세진이에 대해 얘기하고 있는데, 웃으면서 문자 보냈잖아요.

담임 기억이 안 나는데요.

세진엄마 교장선생님한테 말씀드리겠어요.

담임 하세요, 그렇게. (가려 하는)

세진엄마 거기 서세요!

담임 세진 어머니, 여긴 학굡니다. 소리 낮추세요.

세진엄마 내가 왜 소리를 낮춰야하는데, 우리 아들 학교에 왔는데.

담임 세진이 때문에 골치 아픈 건 접니다.

세진엄마 교장선생님 만나겠어요.

담임 제가 전에 말씀 안 드렸나요. 왕따 당하는 애들 보면 뒤에 문제 있는 부모들이 꽤 많다고요. 교장선생님도 그걸 잘 아시거든요.

세진엄마 교장 선생님이 안 되면 교육청에 찾아갈 거예요.

담임 민원 넣으시게요? 넣으세요. 선생 노릇하다 보면 세진 어머니 같은 분 한 두 분 겪겠습니까. 민원 답변 듣는데도 몇 달 걸리실 겁니다.

세진엄마 대통령한테 편지 쓸 거예요.

담임 쓰세요. 쓰고 나서 오시라구요. 청와대에도 넣으세요, 민원. 거기 넣으시면 교육청으로 그 민원이 넘어가는 거 아시죠? 교육청은 학교 교장에게 공문 보내고, 교장 선생님은 담임에게 진상조사 하라고 지시하고. 결국 제가 하는 겁니다. 교장선생님은 학교 이미지를 제일 중요시 하는 분이니까… 참 갑갑하죠. 설령, 괴롭힌 애들이 있었다고 해도 어떡하시게요? 누구한테 벌주시게요? 반 애들 전체요? 걔네들 아직 미성년자들입니다. 기껏해야 사회봉사밖에 더 하겠어요? 양로원 가서 청소하고 기저귀 갈아주고. 그게 전붑니다. 걔네들이 반성할 것 같습니까? 세진 어머니, 세진이 데리고 전학 가세요. 제가 교사로서 드릴 수 있는 말은 이것 밖에 없습니다.

담임이 슬기를 데리고 옥상을 나간다.

옥상엔 세진과 세진 엄마.

옥상 난간에 앉아 함께 세상을 내려다보는 두 사람.

세진 엄마, 오늘 예쁘네. 화장도 하고.

세진엄마 ….

세진 가게는?

세진엄마 아빠 혼자.

세진 바쁘겠다. 또 볼에 심통이 잔뜩 나 있겠네.

세진엄마 ….

세진　　운전면허증 또 시험 볼 거야?

세진엄마　볼까?

세진　　응.

세진엄마　또 떨어지면 어쩌지?

세진　　붙을 거야. 붙으면 나 좀 태워줘. 옆에서 엄마가 운전하는 거 보고 싶어.

세진엄마　아침밥은 먹었어?

세진　　응.

세진엄마　된장국하고 카레 해놨는데, 맛 어땠어?

세진　　맛있었어.

세진엄마　먹어보지도 않고.

세진　　정말이야. 먹어봤어. 정말 맛있었어.

세진엄마　아빤 매일 짜다고만 해. 음식 짜다고 구박인 걸.

세진　　아냐. 엄마 음식은 최고야. 세상에서 가장 최고.

세진엄마　다친 덴 없어?

세진　　없어. 괜찮아.

세진엄마　점심 싸왔는데… 같이 먹을래?

세진　　응. 같이 먹어.

세진엄마　배고프지?

세진　　(끄덕이는)

세진엄마　(도시락 뚜껑을 여는)

세진　　(도시락 뚜껑을 여는) 와아. 도시락 정말 예술이네. 시간 많이 걸렸겠다.

세진엄마 그거 아빠가 만든 거야.

세진 … 잘 먹겠습니다.

말없이 도시락을 먹는 두 사람.

세진 엄마?

세진엄마 응?

세진 나… 전학 안 갈래.

세진엄마 … 왜?

세진 이젠 학교가 무섭지 않아.

세진엄마 ….

세진 엄마?

세진엄마 응?

세진 있잖아. 솔직히 얘기하면 아빠 말이 맞아.

세진엄마 (울음을 참는) 뭐가?

세진 음식이 짠 거. 갑자기 짜졌어.(웃는)

세진엄마 엄마는, 엄마는… 우리 아들, 건강한 게, 건강하게 자라주어서, 엄마는, 엄마는… 고마…워.

도시락을 먹는 두 사람.

빗소리.

뉴스 보도

TV 기자 반포대교와 한남 대교 중간 지점 한강에서 토막 난 시체 일부가 든 슈트케이스가 발견돼 경찰이 수사에 나섰습니다. 서울 마포경찰서는 8일 오후 2시경, 국내 프로야구단 입단을 앞두고 구단과의 문제로 한강에 투신자살한 임모 군의 시신을 인양하기 위해 임 군 가족들이 고용한 사설 잠수부들에 의해 발견되었는데요, 임 군의 시신을 인양하는 도중, 등산용 배낭과 슈트케이스를 발견해 신고해왔다고 전해왔습니다.
경찰은 인력을 동원, 즉시 주변부를 수색해 시체의 다른 부분을 수거에 나섰고 2시간 만인 오후 4시경 양팔과 나머지 왼쪽 다리가 든 배낭을 찾아냈습니다.

산부인과 앞

PD우진이 핸드폰으로 통화중이다.

PD우진 (핸드폰통화 중) 거기 마포경찰서죠? 수고하십니다. 제보하려구요. 방금 반포대교 근처에서 발견된 슈트케이스하고 등산용 배낭 있죠? 그거 주인 알거든요. 토막 난 사체 일부가 들어있던 거요. 난 아니거든요. 네? 전 생활건강 케이블 방송 피디 강우진이라고 합니다. 생활 건강이요. 생활건강! 이렇게 하시죠! 이번 사건에 대해 단독 취재할 수 있게 정보를 주시면 내가 알고 있는 용의자 정보를 드릴게요. 어떻습니까. (전화가 끊어졌는지) 여보세요? 여보세요? 여보세요? 이런 씨발.

산부인과 앞에 서 있는 슬기와 담임.

슬기 나 혼자 들어갈게요. 혼자 들어갈 수 있어요. 돈하고 핸드폰 주세요.

담임 넌 보호자가 필요해. 그리고 수면마취를 하게 될 거다. 내가 니 옆에 있어야지.

슬기 부탁이 있는데… 날 망가트리지 마세요, 더 이상.

담임 니가 장난감도 아니고. 뭘 망가트린다는 거냐.

슬기 아빠한테 솔직하게 얘기할 거예요.

담임 아버님이 충격이 크겠구나. 널 정말로 열심히 혼자서 키우셨는데… 자기 딸이 아무 남자한테나 몸 팔고 담임선생님 애도 배고, 산부인과에 가서 그 애까지 뗀 걸 알면 어떤 기분일까. 그래서 나는 아빠가 되는 게 참 겁나.

슬기 ….

담임 난 결혼 안 할 거다. 결혼하더라도 애는 안 낳을 거야. 이런 험한 세상에 애를 어떻게 낳니. 그리고 그 험한 학교를 또 어떻게 보내구.

슬기 전학 갈 거예요, 저.

담임 소문은 금방 퍼져. 너도 잘 알잖니. 소문은 끝까지 따라다닐 거다. 선생님처럼.

슬기 좋아하는 애가 있어요.

담임 그래서.

슬기 날 도와준다고 했어요. 선생님을 죽일지도 몰라요.

담임 (웃는) 이런… 난 그런 애들이 참 마음에 드는데. 한 번 만나게 해줄래. 요즘 애들은 성적밖에 모르잖니. 점수 1점 2점에 마치 인생을 다 산 것처럼. 완전 인간쓰레기지. 학교는 쓰레기통이야.

담임이 슬기의 손을 잡고 병원으로 들어간다.

세진, 민석, 현규의 인터넷 채팅

세진 죽이고 싶은 사람 있어?

민석 아주 많아. 넌 어때?

현규 한 열 명쯤.

민석 이번엔 누굴 죽일까?

현규 제비뽑기로 결정하자.

세진 그 애를 아프게 하는 놈들, 모두 죽일 거야.

그들이 죽이기로 한 남자의 집

민석과 현규가 살인도구들이 든 배낭과 슈트케이스를 들고 집으로 다가온다.

곧 그들이 죽이기로 한 남자의 집에 와있다.

현규 세진이가 늦네요. 밖에 비가 많이 와서 그런 걸까요. 차가 막히는 거겠죠.

민식 여자애하고 얘기가 길어지는 게 아닐까.

현규 수술 잘 끝났을까요? 그런 수술은 많이 아프겠죠?… 형이 야구방망이로 오늘 그 남자 내려칠 거죠?

민석 응.

현규 이 야구방망이에 싸인 좀 해줄래요?

민석 싸인?

현규 여기 싸인펜이요. 부탁드릴게요, 형.

민석 어. 그래. 근데 싸인을 해본 적이 없는데.

현규 이름 쓰시면 되요.

민석 (이름을 쓴다) 오 민 석.

현규 멋져요. 이쪽에 날짜도.

민석 날짜. 어. (그날 날짜를 쓴다) 이천십년 시월 이십육일

현규 형, 고마워요. 땡큐.

민석 슬슬 예행연습을 해볼까.

현규 네. (깜짝 놀라는) 어?!

민석 왜?

현규 여기…!!

민석 뭔데 그래?

현규 그게… 여기 뭐가 있는데요….

슬기가 박스 안에서 웅크린 채 울고 있었다.

현규 어! 슬기야 안녕?

민석 넌 지금 세진이를 만나고 있어야 하는데. 그럼 세진이는 어떻게 된 거지?

그때, 현관문 자물쇠가 돌아가는 소리.

재빨리 숨는 민석과 현규.

누군가 문을 열고 현관문 안으로 들어온다.

양손에는 식료품이 가득 든 E-마트 봉투들.

문을 열고 들어온 건 세진의 담임이었다.

현규 으헉!

담임 누구야?!

담임이 문 옆에 세워져있던 골프채를 들고 현규의 다리를 내려쳤다.

현규가 비명을 지르며 쓰러졌다.

민석이 야구방망이를 든 채 뒤로 주춤 물러섰다.

담임　니들 뭐야. 뭐하는 놈들이야… 황현규?!
현규　선생님?
담임　이 새끼들이! 뭐하는 짓들이야.
민석　그거 내려놔.
담임　넌 뭐야. 야구방망이 안 내려놔.
민석　골프채부터 내려놔.
담임　황현규. 너 이게 뭐냐.

담임이 현규를 다시 골프채로 내려치기 시작했다.

비명을 지르는 현규.

민석　때리지 마. 야구방망이 내려놓을 게. 그만해. 그만 때려.
담임　차렷! 차렷! 차렷 안 해 !뒤로 돌아. 뒤로 돌아!

뒤로 돈 민석의 뒤통수를 담임이 골프채로 내려쳤다.

슬기　그만 하세요.
담임　방으로 안 들어가!
슬기　그만 해요. 보내줘요, 그 애들. 가게 해줘요.
담임　너도 한 패야?!
슬기　유치하게! 유치하게 놀지 좀 마세요.
담임　일어나. 일어나. 경찰서에 끌려가기 싫으면 당장 꺼져. 황현규, 넌 내일 학교에서 보자.

배낭을 챙기는 현규.
담임에게 인사하려는 찰나, 배낭 안에 있던 칼과 도끼, 살인도구들이 쏟아진다.

담임 니들 뭐야. 니들 정체가 뭐야. 니들 도대체 뭐하는 놈들이야.

골목길

백곰 (핸드폰 통화) 나야. 내가 완전 큰 건 하나 잡았다. 당장 애들 모아서 지금 나와. 잔말 말고 지금 튀어와. (웃는) 그 또라이, 세진이 새끼, 알고 봤더니 순 강도 짓을 하더라구. 내가 그 새끼 집에서부터 쭈욱 미행했거든. 근데 이 새끼 칼 들고 남의 집 넘는 보통 솜씨가 아냐. 이 또라이 새끼를 신고해, 말어, 어떻게 할까? (웃는) 넌 죽었어!

담임의 집

세진이 담임의 집 현관문 앞에서 칼을 깨내 들고 문을 열어보았다. 문이 열렸다.
슬기가 머리에 피를 흘리고 있는 민석을 치료해주고 있는 모습이

보였다.

안으로 들어가자 담임이 침대에 앉아 세진을 바라보고 있었다.

담임 최세진. 조금 늦었구나.

세진 ….

담임 최세진. 이거 니가 다 계획한 거냐.

세진, 아무 대답이 없다.

담임 그 칼 내려놓고 거기 앉아. 나하고 얘기 좀 하자. 너 무슨 꿍꿍이로 여길 온 거냐?

세진 ….

담임 나 죽이고 싶었냐?

세진 (아무 대답이 없다)

담임 나 죽이고 싶었으면 죽이고 싶었다고 말하고 찾아왔었어야지. 그래야지 내가 좀 준비라도 할 거 아니냐. 이건 예의가 아니지!

세진 현규, 어떻게 하신 거예요? 풀어주세요. 다쳤잖아요.

담임 골프채로 두어 대 맞은 거뿐이니까 괜찮아. 너도 저렇게 되고 싶니?

세진 돌아갈게요. 놔주세요.

담임 앉아. 아직 선생님 얘기 안 끝났다. 앉아!

세진 갈게요.

담임 그냥은 못 보내지. 너도 다리 한쪽은 부러져야 되지 않겠냐. (야구방망이를 휘두르며)

세진 아아앗.

담임 학교에서도 문제, 나와서도 문제. 니 엄마가 불쌍하지도 않냐? (막아서는 슬기에게) 이슬기, 너도 한 패야? (슬기의 목을 조른다)

세진 그만 하세요. 제발 그만해. 그만 하란 말이야! (칼을 들고 담임에게 다가간다)

담임 어후~ 그 눈빛. 그 자세. 바로 그거야. 사냥할 때 바로 그 눈빛이 나오지.

칼을 든 세진의 손목을 손쉽게 낚아채는 담임. 담임의 완력에 무너져 내리는 세진.
담임이 세진의 칼을 빼앗아 세진의 배에 망설임 없이 찔러 넣는다.

세진 윽.

담임 아프냐?

세진 아. 아.

담임 원래 칼은 아픈 거다.

세진 살려… 주세요.

담임 무섭냐? 무서운 거야, 칼을 든다는 건. 책임이 따르지.

세진 살려… 주세요.

슬기 병원에 보내줘요. 이러다 죽겠어요. 죽을 것 같애.

담임　안 죽어. 무서운 것뿐이지. 그게 정상적인 반응이다. 넌 죽지 않을 거야. 하지만 죽을 수도 있어.

세진　선생님… 인호요, 본 사람 없냐구 물어보셨잖아요. 내가 봤어요. 인호, 마지막으로 본 사람, 나예요.

담임　뭐?

세진　인호요, 우리 집 화장실에서 토막내서 버렸어요, 내가. 슈트케이스에 차곡차곡 넣어서 던져버렸어요, 한강에

담임　….

세진　선생님, 아픈 거 모르죠? 아픈 게 뭔지 모르죠? 아픈 거 느껴본 적 없죠? 느끼려고 해본 적 단 한 번도 없었죠?

담임　….

세진　죽으세요, 빨리 죽으세요. 없어지세요, 세상을 위해서.

담임　(E마트에서 사온 식료품들을 던지며) 입 닥쳐, 이 또라이 새끼야. 학교가 온통 쓰레기야, 너 같은 또라이 새끼들이 설쳐서, 쓰레기통이야, 학교가, 알아? 내 인생도 쓰레기통이 됐어. 내가 왜 니 쓰레기를 치워야 하는데. 내가 왜 니네들이 버린 쓰레기를 담는 쓰레기통이 되어야하는데.

세진　인호한테… 괴롭힘 당하는 거… 알고 있었죠? 근데… 모른 척했죠?

담임　닥쳐.

세진　왜 그랬어요?… 귀찮았어요?

담임　닥쳐, 닥치라구.

세진　아, 귀찮았구나. 귀찮아서, 나 캠프에 보내고, 귀찮아서, 내

잘못도 아닌데 내 뺨이나 때리고, 귀찮아서, 어항에 있는 물고기 먹고 있을 때 내가, 내가, 대걸레로 눈물 닦고 있을 때… 나 같은 거, 귀찮아서, 그래서 보지 않았던 거구나. 선생님, 나 똑바로 보세요, 나 똑바로 보세요.

담임 (야구방망이로 내려치려는) 이런 쓰레기 같은 새끼들.

슬기가 바닥에 떨어진 세진의 칼을 들고 담임의 등에 칼을 꽂는다. 돌아서는 담임의 가슴에 다시 칼을 꽂는 슬기.

담임 한 번 더 찔러 줄래?

슬기 (고개를 젓는) 싫어요.

담임이 바닥으로 쿵 쓰러진다.

골목길

멀리서 들리는 일당들의 노래 소리.

백곰 (반갑게 맞으며) 왔냐?

모두 (백곰을 에워싸는) 어이. 곰. 씨발. 곰탱이. 어이. 곰탱이. 씨발.

백곰 완전히 큰 건수 잡았다니까. 세진이 이 새끼, 완전 강도였어.

쇠사슬로 백곰을 포박하는 일당들.

혜정 한 밤중에 전화질은. 내가 니 애인이니.

복희 너 땜에 잠을 잘 수가 없어. 씨발아.

연희 호랑이 없는 굴에 곰탱이가 왕이라더니. 이 미련 곰탱이 같은 게. 퉷.

진영 씨발. 우릴 뭘로 보고. 니가 나오라면 나오고, 들어가라면 들어가냐?

일당들이 백곰을 밟기 시작한다.

모두 (밟으며) 한 꼬마, 두 꼬마, 셋 꼬마 인디언. 네 꼬마, 다섯 꼬마… 인디언 밥!

혜정 (카메라 핸드폰을 꺼내는) 찍어둬야지.

연희 올리게?

혜정 우리만 보기 아깝잖아. 명작은 알려야지.

모두 모두에게 감상의 기회를.

진영 (백곰에게) 눈 떠.

연희 눈 떠. 이 미련 곰탱아.

선화 눈 떠, 곰탱아. 덩치는 산만한 게, 맞으니까 무섭니?… 우네. 어떡하지?

복희 정말 우네.

백곰의 입에 살아있는 꽁치를 물리는 일당들.

담임의 집

세진, 민석, 현규가 담임의 시체를 내려다보고 있다.

민석 계획대로 하는 거야. 빨리 처리하자.

현규 나 다리 다쳤나봐. 못 움직이겠어. 어쩌지?

민석 잠깐 쉬고 있어. 오늘은 구경만 해도 돼. 넌 처음해보는 거니까.

현규 구경만 하는 건 싫어.

세진 슬기야, 니가 여기에 있는 줄 몰랐어. 계속 너의 집 앞에서 기다리고 있었는데. 1주일 내내 전화도 안 받고, 메신저에도 들어오지 않고, 학교에도 안 나오고… 그래서 내 마음대로 널 아프게 하는 놈을 죽여야겠다고 생각했어. 담임을 죽여야겠다고. 담임이 널 끌고 병원에 들어가는 걸 보고 있었어. 난 정말 괴로웠어. 그래서 널 도우려고 했던 건데.

슬기 ….

민석 이제 슬슬 시작하자.

현규 알았어, 형.

민석 현규야, 바닥에 방수용 비닐 좀 깔아줘.

현규 알았어, 형.

세진 슬기야, 우선 씻고 옷 갈아입어. 그리고 방에 들어가서 우리가 부를 때까지 나오지 마. 아침까지는 방안에 있어야 할 거야. (세진이 슬기의 귀에 이어폰을 꽂아준다. 자신의 귀에도 한 쪽을 끼고) 이 음악 듣고 있어. 귀에서 이어폰 떼지 말고, 계속해서 듣고 있는 거야. (이어폰에서 카펜더즈의 Close to You 가 흘러 나온다. 세진이 카펜더즈의 노래를 속삭이듯 부른다) 다 끝나면 내가 안으로 들어갈 거야. 그때까진 절대 나오지 마.

슬기 … 혼자 있게 해줘. 혼자 있고 싶어.… 오늘 밤만 시간을 줘. 혼자서 생각을 좀 해보고 싶어. 모두 가줘.

민석 · 현규 · 세진 ….

슬기 백육십오 층….

세진 음?

슬기 백육십오 층… 언제쯤 바닥에 닿는 걸까.

세진 백육십사 층 백육십삼 층 백육십이 층. 아직도 숫자가 많이 남았는걸.

슬기 떨어지면서… 다시 키스할 수 있을까… 너하고.

세진 (미소 짓는) 그럼. 내 인생에서 두 번째 키스도 받고 싶어, 떨어지면서.

세진 (슬기의 귀에 나머지 한쪽의 이어폰을 꽂아준다) 조금 있다가 난 다시 올 거야. 그때까지 이 음악 듣고 있어. 귀에서 이어폰 떼지 마.

민석과 현규가 배낭과 슈트케이스를 정리해서 집 밖으로 나간다.

빗소리.

세진 (내레이션) 슬기야, 걱정하지 마. 우린 함께 할 수 있어. 늘 우린 혼자였지. 이젠 아냐. 우린 더 이상 혼자가 아냐. 내가 널 도울 수 있고, 넌 날 도울 수 있으니까. 서로 도울 수만 있다면 분명 좋은 일은 일어날 거야. 지금까지는 우리에게 좋은 일이 하나도 없었잖아. 우리의 미래는 어떨까. 넌 예쁜 모습의 대학생이 되어 있겠지. 난 너와 함께 영화관에 가서 팝콘을 먹으며 콜라를 마시겠지.
이 모든 것… 우리의 과거는 그렇게 한편의 영화처럼… 스쳐가는 거야. 우리의 미래는 그렇게 가까이 있어. 너무나 평화스러울 거야. 지금의 일은 우리 미래에 태양이 되어줄 거야. 뜨겁고, 너무 밝아서 누구에게도 보여줄 수 없는… 다시는 너를 모르는 척 하지 않을 거야. 도망치지 않겠어.

일본식 우동집

PD우진 지금 세진이는 오민석이라는 남자하고 같이 있을 거예요. 그 남자에 대해 궁금하시겠죠. 토막 내서 사체 유기하는 것까지 그 남자가 시켰을지도 모르죠. 어쩌면 아드님은 이용당했을지도 몰라요. 알고 계셨나요, 아드님이 그런 사람을 만나고 있었다는 걸. 뭔가 어머니의 입장 같은 게 있으시겠죠? 한마디만 묻겠습니다. 왜 이런 엄청난 일을 벌인 걸까요, 세진이는? 어머니. 어머니. 어머니의 입장이라는 게 있으시겠죠? 어머니시니까.

세진엄마 ….

PD우진 어머니. 어머니. 제 눈 똑바로 보시구요. 조금 있으면 기자들이 벌떼처럼 몰려올 거예요. 그때는 카메라 앞에서, 사죄드립니다. 사죄드립니다, 그 말 밖에 못하니까, 지금 말할 기회를 드리는 거예요. 집중하세요. 내 눈 똑바로 보고, 말씀하세요. 세진이가 사람 죽일 거 알고 있었죠?

세진 엄마가 우진을 때리기 시작한다.

PD우진 앗!

세진엄마 우리 세진이가 얼마나 착한데. 바로 너 같은 인간들 때문이야. 그 애를 좀 그냥 내버려둬. 그냥 좀 내버려둬. 그만 좀 괴롭혀. 제발 그만 좀 해. 그 애를 그냥 놔둬. 그냥… 내버려둬.

골목길

백곰이 검은 우산을 쓰고 세진이 쪽으로 터벅터벅 걸어온다.

멀리서 경찰차 사이렌 소리들.

백곰 야, 최세진, 거기서 뭐하냐? 집에 안 가냐?

세진 날 어디서부터 미행했어?

백곰 니네 집에서부터. 몰랐구나. (현규를 발견하곤) 어? 너. 우리 반? 너 이름이 뭐였더라?….

세진 ….

백곰 부럽다, 친구도 많네.

세진 너하고 할 말 없어. 내 앞에서 꺼져.

백곰 오호~ 눈빛 봐. 사람 여럿 죽인 눈빛이다.

세진 ….

백곰 경찰들, 여기 쫙 깔렸어. 내가 신고했다. 근데 경찰이 이상한 사진을 보여주더라.

세진 무슨 사진?

백곰 너희 두 사람 사진.

세진 · 민석 ….

백곰 야아, 오늘 날씨 진짜 우중충 하지 않냐, 새벽부터?

세진 알았으니까, 이제 제발 우리 앞에서 꺼져.

백곰 세진아, 내가 말했지. 다른 건 몰라도 내가 인호하고 다르다는 건 확실히 보여주겠다고. 이제 좀 머리에서 감이 오냐?

세진 넌 인호처럼 죽일 가치도 없어.

백곰 … 이… 이… 이 개새끼가.

백곰이 세진에게 달려들어 주먹으로 내려친다.

백곰 개새끼야. 다시 한 번 말해봐. 다시 한 번 말해봐.

세진 넌 날 이길 수 없어.

백곰 다시 한 번 말해봐.

세진 날 이길 수 없어!

백곰 다시 한 번 말해봐.

세진 넌 아무 것도 아냐.

백곰이 세진의 멱살을 풀고 일어난다.

백곰 넌 아직도 내가 인호 흉내 내고 있다고 생각하냐?

세진 ….

백곰 천만에. 저쪽 길로 가봐. 저기로 가면 산으로 이어지는 길이 나와. 도망가려면 그쪽으로 가는 게 좋을 거다.

민석 · 현규 ….

백곰 나 못 믿겠냐?

세진 ….

백곰 잘 가라. 몸조심하고. 짭새한테 잡히지 말고.

백곰이 바닥에 떨어진 우산을 주워 쓰곤 하늘을 한 번 본다. 그리곤 떠나려한다.

세진이 칼을 꺼내 백곰에게 다가가 등에 칼을 꽂는다.

백곰이 뒤돌아본다.

세진 미안. 미안해.

백곰 야, 최세진. 니가 왜 미안하냐. 사과하지 마.

세진 인호를 죽이면 모든 게 끝날 줄 알았어. 예전의 나로 돌아갈 거라고. 근데 니가 나타나고, 널 죽이면 또 다른 놈이 나타나겠지. 또 죽이면 또 다른 놈이 나타나고, 또 죽이면 또 다른 놈이 나타나고. 다음은 누굴까? 누가, 내 앞에 나타날까. 궁금해, 정말 궁금해, 그게 누구일지.

백곰 세진아, 정말 대답 안 해줄 거냐?… 내가, 내가 아직도, 인호 흉내나 내고 있다고… 생각하는 거냐?….

세진 (고개를 가로 젓는)

백곰 니가 부럽다. 목숨을 함께 할 수 있는 친구들이 같이 있어서.

백곰이 죽는다.

경찰의 투항 방송 소리가 들린다.

민석은 현규를 부축해서 백곰이 가르쳐준 길로 떠난다.

24시 빨래방

사이렌 소리가 들린다.

세탁기에 등을 기대고 앉아있는 세진과 민석, 현규.

깊은 생각에 빠져있는 아이들. 두려움에 떨고 있는 세 아이.

현규가 딸꾹질을 한다. 점점 심해지는 딸꾹질.

민석이 그런 현규의 등을 다독이며 두들겨준다.

잠잠해졌다 싶었는데, 다시 터져 나오는 현규의 딸꾹질.

민석 이제 뭐 하지?

세진 ….

현규 (딸꾹질)

민석 핫도그하고 시원한 콜라 먹고 싶다.

세진 ….

민석 크림치즈 베이글과 아이스 아메리카노. 모닝에그 라이스 머핀! 오렌지 쥬스. 스파이스 치킨버거 세트! 케찹에 찍어 먹는 바삭바삭한 감자튀김. 머쉬룸 스테이크 하우스버거 세트! 그리고.

세진 빅맥버거!

민석 (세진을 보는) 자이언트 더블버거!

세진 새우살이 통통 살아있는 레드앤화이트 버거.

민석 불고기 버거.

세진 오징어 버거.

현규 난 베이컨 토마토 디럭스 버거랑 한우스테이크 버거세트, 그리고 베이컨 상하이 스파이스 치킨 버거, 유러피언프리코치즈버거, 후식으로는 초코쿠키 토네이도랑 고구마 치즈볼, 콘샐러드 하나, 파인애플 아이스티 한잔.

세진, 민석이 현규를 쳐다본다.

현규 그걸 한꺼번에 다 주문할 수 있을까요.

민석 그럼 주문할 수 있어. 우린 다 먹을 거야.

현규 전부 다?

민석 전부 다.

사이렌 소리. 다시 딸꾹질 하는 현규.

민석 무섭니, 싸우는 게?

세진 무서워. 싸운다는 건.

민석 그게 정상적인 반응이야. 우린 싸우다 죽을 수도 있어. 하지만 죽지 않을 수도 있어.

세진 … 어느 쪽에 내기를 걸어야 하는데?

민석 동전으로 해 볼까. (동전을 꺼내, 높이 던지려는)

세진 내가 할게. (높이 던지려하는)

민석 앞면은 뭐고 뒷면은 뭔데?

세진 그걸 알면 재미가 없지.

세진이 동전을 높이 던져 손등으로 안전하게 받는다.

사이렌 소리.

세진 (칼을 꺼내 손에 쥐어보는) 나, 이 칼을 어디에 써야 할지 결정했어. 사람을 더 죽일 거야.

민석 ….

세진 책임을 져야지, 칼을 손에 쥐었으니까.

혼자 밖으로 나가려 하는 세진.

세진을 잡는 민석.

민석이 따라 일어난다.

민석을 잡는 현규.

현규가 따라 일어난다.

서로를 보는 아이들.

현규 앗, 잠깐만

펜을 꺼내 벽에 뭔가 글을 남기는 현규.

민석 뭘 쓰는 거야.

현규 유서.

민석과 세진도 펜을 꺼내 벽에 유서를 쓴다.

현규 (쓰다가) 어?! 딸꾹질이 멈췄네.

민석이 현규의 유서를 보곤 웃는다. 서로의 유서를 보며 웃음을 터트리는 아이들.

세진 우리, 하나, 둘, 셋 하면 로그아웃 같이 할까?

민석 로그아웃? … 그래 로그아웃. (현규에게) 니가 카운트 해라.

현규 다섯… 넷….

세 아이 셋… 둘….

세 아이들 하나! (뛰어나가며) 아아아아아아아아

칼을 들고 세상을 향해 뛰어나가는 아이들.
태양이 녹색으로 빛을 발한다. 녹색 태양빛에 물드는 아이들.
벽에 낙서된 아이들의 유서 내용이 드러난다.
유서 내용은 그 아이들이 먹고 싶어 했던 햄버거 이름들이다.

–Log Out–

한국 희곡 명작선 150
두더지의 태양 (Green Sun)

초판 1쇄 인쇄일 2023년 11월 20일
초판 1쇄 발행일 2023년 11월 29일

지 은 이 최원종
만 든 이 이정옥
만 든 곳 평민사
서울시 은평구 수색로 340 〈202호〉
전화 : 02) 375-8571 / 팩스 : 02) 375-8573
http://blog.naver.com/pyung1976
이메일 pyung1976@naver.com
등록번호 25100-2015-000102호
ISBN 978-89-7115-117-4 04800
978-89-7115-663-6 (set)
정 가 9,500원

이 책은 사단법인 한국극작가협회가 한국문화예술위원회의 2023년 제6회 극작엑스포
지원금을 받아 출간하였습니다.

한국 희곡 명작선

01 윤대성 | 나의 아버지의 죽음
02 홍창수 | 오늘 나는 개를 낳았다
03 김수미 | 인생 오후 그리고 꿈
04 홍원기 | 전설의 달밤
05 김민정 | 하나코
06 이미정 | 여행자들의 문학수업
07 최세아 | 어른아이
08 최송림 | 에케호모
09 진 주 | 무지개섬 이야기
10 배봉기 | 사랑이 온다
11 최준호 | 기록의 흔적
12 박정기 | 뮤지컬 황금잎사귀
13 선욱현 | 허난설헌
14 안희철 | 아비, 규환
15 김정숙 | 심청전을 짓다
16 김나영 | 밥
17 설유진 | 9월
18 김성진 | 가족사(死)진
19 유진월 | 파리의 그 여자, 나혜석
20 박장렬 | 집을 떠나며 "나는 아직 사랑을 모른다"
21 이우천 | 결혼기념일
22 최원종 | 마냥 씩씩한 로맨스
23 정범철 | 궁전의 여인들
24 국민성 | 조르바 빠들의 불편한 동거
25 이시원 | 녹차정원
26 백하룡 | 적산가옥
27 이해성 | 빨간시
28 양수근 | 오월의 석류
29 차근호 | 루시드 드림
30 노경식 | 두 영웅
31 노경식 | 세 친구
32 위기훈 | 밀실수업
33 윤대성 | 상처입은 청룡 백호 날다
34 김수미 | 애국자들의 수요모임
35 강제권 | 까페07
36 정상미 | 낙원상가
37 김정숙 | '숙영낭자전'을 읽다
38 김민정 | 아인슈타인의 별
39 정범철 | 불편한 너와의 사정거리
40 홍창수 | 메데아 네이처
41 최원종 | 청춘, 간다
42 박정기 | 완전한 사랑
43 국민성 | 롤로코스터
44 강 준 | 내 인생에 백태클
45 김성진 | 소년공작원
46 배진아 | 서울은 지금 맑음
47 이우천 | 청산리에서 광화문까지
48 차근호 | 조선제왕신위
49 임은정 | 김선생의 특약
50 오태영 | 그림자 재판
51 안희철 | 봉보부인
52 이대영 | 만만한 인생
53 박경희 | 트라이앵글
54 김영무 | 삼강주막에서
55 최기우 | 조선의 여자
56 윤한수 | 색소폰과 아코디언
57 이정운 | 덕만씨를 찾습니다

58 임창빈 | 왜 그래
59 최은옥 | 진통제와 저울
60 이강백 | 어둠상자
61 주수철 | 바람을 이기는 단 하나의 방법
62 김명주 | 달빛에 달은 없고
63 도완석 | 봄 여름 가을 그리고 겨울
64 유현규 | 칼치
65 최송림 | 도라산 아리랑
66 황은화 | 피아노
67 변영진 | 펜스 너머로 가을바람이 불기 시작해
68 양수근 | 표(表)
69 이지훈 | 나의 강변북로
70 장일홍 | 오케스트라의 꼬마 천사들
71 김수미 | 김유신(죽어서 왕이 된 이름)
72 김정숙 | 꽃가마
73 차근호 | 사랑의 기원
74 이미경 | 그게 아닌데
75 강제권 | 땀비엣, 보
75 정범철 | 시체들의 호흡법
77 김민정 | 짐승의 時間
78 윤정환 | 선물
79 강재림 | 마지막 디너쇼
80 김나영 | 소풍血전
81 최준호 | 핏빛, 그 찰나의 순간
82 신영선 | 욕망의 불가능한 대상
83 박주리 | 먼지 아기/꽃신, 그 길을 따라
84 강수성 | 동피랑
85 김도경 | 유튜버(U-Tuber)
86 한민규 | 무희, 무명이 되고자 했던 그녀
87 이희규 | 안개꽃/화(火), 화(花), 화(華)
88 안희철 | 데자뷰
89 김성진 | 이를 탐한 대가
90 홍창수 | 신라의 달밤
91 이정운 | 봄, 소풍
92 이지훈 | 머나 먼 벨몬트
93 황은화 | 내가 본 것
94 최송림 | 간사지
95 이대영 | 우리 집 식구들 나만 빼고 다 이상해
96 이우천 | 중첩
97 도완석 | 하늘 바람이어라
98 양수근 | 옆집여자
99 최기우 | 들꽃상여
100 위기훈 | 마음의 준비
101 노경식 | 봄꿈(春夢)
102 강추자 | 공녀 아실
103 김수미 | 타클라마칸
104 김태현 | 연선
105 김민정 | 목마, 숙녀 그리고 아포롱
106 이미경 | 맘모스 해동
107 강수성 | 짝
108 최송림 | 늦둥이
109 도완석 | 금계필담
110 김낙형 | 지상의 모든 밤들
111 최준호 | 인구론
112 정영욱 | 농담
113 이지훈 | 조카스타2016
114 안희철 | 만나지 못한 친구
115 김정숙 | 소녀
116 이상용 | 현해탄에 스러진 별
117 유현규 | 임신한 남자들
118 김성희 | 동행
119 강제권 | 없시요
120 최기우 | 정으래비
121 강재림 | 살암시난

122 장창호 | 보라색 소
123 정범철 | 밀정리스트
124 정재춘 | 미스 대디
125 윤정환 | 소
126 한민규 | 최후의 전사
127 김인경 | 염쟁이 유씨
128 양수근 | 나도 전설이다
129 차근호 | 암흑전설영웅전
130 정민찬 | 벚꽃피는 집
131 노경식 | 반민특위
132 박장렬 | 72시간
133 김태현 | 손은 행동한다
134 박정기 | 승평만세지곡
135 신영선 | 망각의 나라
136 이미경 | 마트료시카
137 윤한수 | 천년새
138 이정수 | 파운데이션
139 김영무 | 지하전철 안에서
140 이종락 | 시그널 블루
141 이상용 | 고모령에 벚꽃은 흩날리고
142 장일홍 | 이어도로 간 비바리
143 김병재 | 부장들
144 김나정 | 저마다의 천사
145 도완석 | 누파구려 갱위강국
146 박지선 | 달과 골짜기
147 최원석 | 빌미
148 박아롱 | 괴짜노인 하삼선
149 조원석 | 아버지가 사라졌다
150 최원종 | 두더지의 태양
151 마미성 | 벼랑 위의 가족
152 국민성 | 아지매 로맨스
153 송천영 | 산난기
154 김미정 | 시간을 묻다
155 한민규 | 사라져가는 잔상들
156 차범석 | 장미의 성
157 윤조병 | 모닥불 아침이슬
158 이근삼 | 어떤 노배우의 마지막 연기
159 박조열 | 오장군의 발톱
160 엄인희 | 생과부위자료청구소송